গীতার জন্য আলোকসজ্জা

Lights For Gita

Written by Rachna Gilmore

Illustrated by Alice Priestley

Bengali Translation by Kanai Dutt

MANTRA

গীতা ওর মাথার টুপিটা দুপাশ থেকে টেনে কানদুটো চাপা দিতে দিতে বাস থেকে নেমে পড়ল।

"দেয়ালি," সে ফিসফিস করে বলে উঠল, "আজকে সত্যি সত্যিই দেয়ালি!"

তবে নভেম্বরের এই অন্ধকারের মধ্যে কোন কিছু দেখেই দেয়ালি বলে মনে হয় না।

Gita pulled her hat down over her ears as she stepped off the bus.

"Diwali," she whispered. "Today's really and truly Diwali."

But nothing in the November gloom seemed like Diwali.

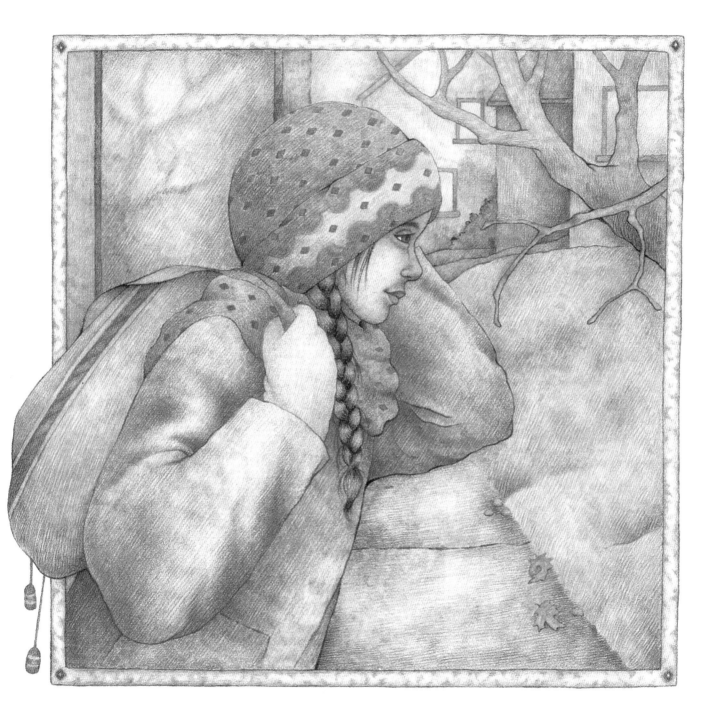

আজকের দিনে নূতন দিল্লী উৎসবে মুখর হয়ে উঠবে। ওর মাসতুতো পিসতুতো ভাই বোনেরা সব দাদুর বাড়িতে এসে কতই না হাসি-ঠাট্টায় আর কথাবার্তায় মেতে উঠবে। সবাই বন্ধু আর প্রতিবেশিদের সঙ্গে মিষ্টি দেওয়া-নেওয়া করবে। সন্ধ্যে বেলা ওরা প্রদীপ জ্বালিয়ে ধনসম্পদের দেবী লক্ষ্মীর আরাধনা করে তাঁর শুভাশীষ চাইবে। তারপর - বাজি পোড়ানো।

গীতা চিন্তিত ভাবে কালো মেঘের দিকে তাকিয়ে বলে উঠল, "রক্ষা করো, বৃষ্টি নেমো না যেন।"

বাবা বলেছেন, "আমি আজ বাজি নিয়ে তাড়াতাড়ি বাড়ি ফিরব - আমাদের নূতন বাড়িতে প্রথম দেয়ালির উৎসব।"

Today, New Delhi would be glowing with celebration. All her cousins would be together at her grandparents' house, laughing, talking, exchanging sweets with friends and neighbours. In the evening, they'd light diyas, inviting Lakshmi, the Goddess of Wealth to bless them. And then - fireworks!

Gita looked anxiously at the dark clouds. "Please, please, don't rain."

Dad had said, "I'll be home early, with fireworks for our first Diwali in our new home."

দাদুর বাড়িতেই আজ ঠিকঠিক দেয়ালিটা হবে। তবুও মা আজ ওদের মুখরোচক কত না মিষ্টি তৈরী করেছেন আর গীতাকেও কয়েকজন বন্ধুকে নিমন্ত্রণ করতে দিয়েছেন এই দেয়ালি পার্টিতে আসতে। ওরা বাজি ফোটাবে - আলো জ্বালাবে - সেটাই তো দেয়ালির আসল জিনিষ - আলোর উৎসব।

গীতা আর একবার কালো আকাশটার দিকে তাকিয়ে নিয়ে ওপরে ওদের ফ্ল্যাটের দিকে ছুটে চলে গেল।

"বাবা, বাজি এনেছো ?"

উঁনি ধীরে ধীরে বললেন, "হ্যাঁ, তবে কি জানো, গীতা, দেয়ালি মানে শুধুই বাজি পোড়ানো নয় ...."

"আমাকে দেখাও, বাবা, কোথায় রেখেছ?"

It wouldn't be like Diwali at her grandparents'. Still, Mum had made their favourite sweets and let Gita invite friends to a Diwali party. They'd have fireworks - lots of them - that's what Diwali was all about, the Festival of Lights.

Gita glared at the grey sky before racing upstairs to their flat.

"Dad, did you get the fireworks?"

"Yes," he said slowly. "But Gita, Diwali isn't just fireworks. There's..."

"Show me, Dad. Where are they?"

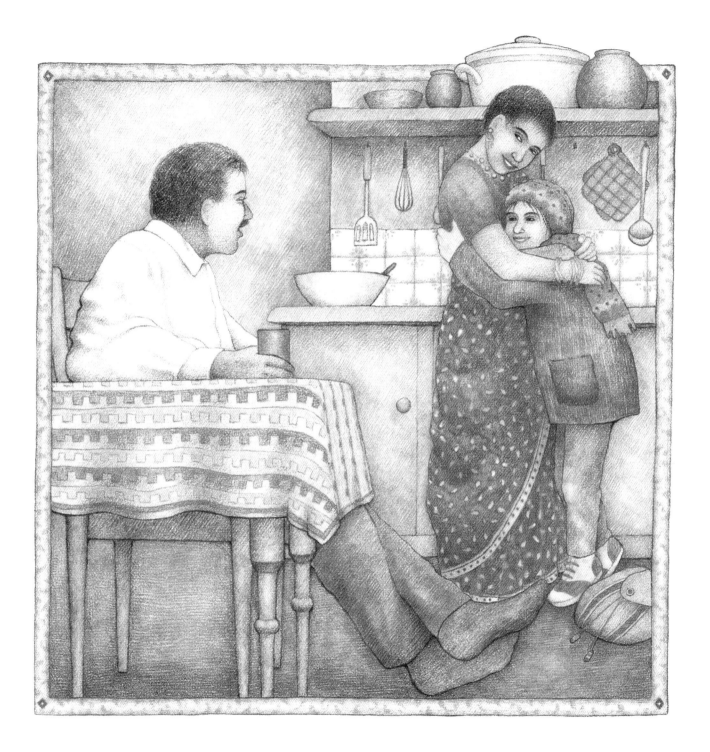

ধীরে ধীরে বাবা গীতাকে জানলার দিকে ফেরালেন। একটা বড় জলের ফোঁটা কাঁচের গায়ে পড়ল। তারপর আর একটা এবং আরও একটা।

"এটা বেশিক্ষন থাকবে না," গীতা বলল - ওর গলা কেঁপে উঠল।

বাবা বললেন, "আবহাওয়ার পূর্বাভাসে বলেছে, আজ রাত্রে প্রচণ্ড ঠাণ্ডা আর বৃষ্টি হবে। দুঃখ করো না - আমরা কাল বাজি পোড়াবো।"

"কিন্তু আমি যে আমার বন্ধুদের বলেছি..."

Gently, Dad turned Gita towards the window. A large drop splashed against the glass. Then another and another.

"It won't last long," said Gita, her voice wobbly.

"The forecast says freezing rain tonight," said Dad. "Never mind. We'll have the fireworks tomorrow."

"But I promised my friends…"

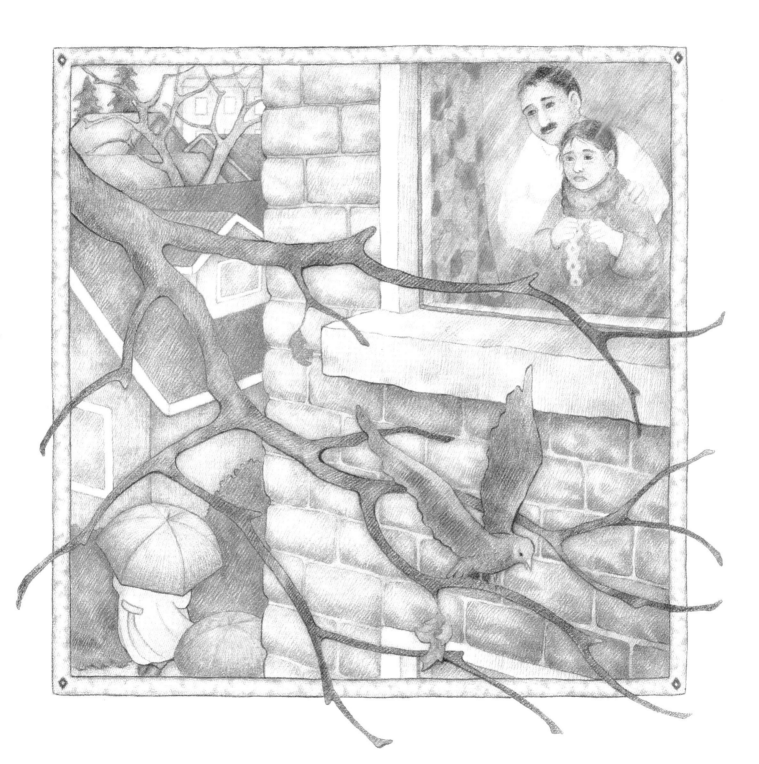

"আজকে আমরা সব আলোগুলি জ্বালাবো," মা বললেন, "আর প্রদীপ গুলিও জ্বালিয়ে দেব। তোমার বন্ধুদের নিয়ে তুমি বেশ ভাল পার্টি করবে।"

গীতা চোখের জল মুছে নিল।

মা বললেন, "এসো, তোমার নূতন পোষাকটা পরে নাও। তারপর আমরা বাতিগুলি জ্বালাব।"

"We'll turn on all the lights," said Mum, "and light the diyas. You and your friends will have a lovely party."

Gita blinked back her tears.

"Come," said her mother. "Change into your new dress. Then we'll light the diyas."

গীতা মার সাথে জানলাগুলির নিচে দিয়ে আর ঘরের নানা জায়গায় মাটির প্রদীপগুলি সাজিয়ে ফেলল। সূচের মত বরফের টুকরা এসে জানালায় পড়ল, দেয়ালির দিনে বরফগলা বৃষ্টি! এই জায়গা কেমন করে আমাদের দেশ হতে পারে?

গত বছরে দেয়ালির দিনটা ছিল গরম আর কত মজার। সে তার মাসতুতো ভাই-বোনদের নিয়ে কত শব্দ-করা বাজি ফুটিয়েছিল - ওগুলোকে বলে 'লিট্‌ল্‌ রাসকেল' আর দিদা ওদের রাজকুমার রাম ও তাঁর স্ত্রী সীতার গল্প বলেন, তাদের কত বছরের নির্বাসন আর দেয়ালির দিনে বাড়ি ফেরার কাহিনী। এবং সন্ধ্যে বেলায় হল রাশি রাশি বাজি পোড়ানো।

Gita and her mother placed the little clay pots along the windowsill and around the room. Needles of ice stung the windows. Freezing rain on Diwali! How could this place ever be home?

Last year Diwali had been warm and joyful. She and her cousins had set off noisy crackers called *little rascals* and Grandmother had told them stories of Prince Ram and his wife Sita, of their years of exile and their homecoming on Diwali. And in the evening - dazzling showers of fireworks.

হঠাৎ একটা দমকা বাতাসে জানালাটা কেঁপে উঠল। গীতা জিভ কাটল। "না তুমি এস না ! আমার পার্টিটাকে নষ্ট করো না !"

মা প্রদীপগুলিতে সরিষার তেল ঢাললেন, তাঁর হাতের বালাগুলি বেজে উঠল। তাঁর ওটা শেষ হতেই ফোনটা বেজে উঠল, মা ফিরে আসা পর্যন্ত গীতা কোন রকমে অপেক্ষা করে রইল। "আমি কি প্রথম প্রদীপটা জ্বালাতে পারি ?"

মা একটু হেসে গীতার মাথায় হাত বুলিয়ে দিলেন, "জেনী আর শাবানা ফোন করেছিল। রাস্তায় এত বরফ যে ওরা গাড়ি চালাতে পারবে না। ওরা আসছে না।"

আবার ফোনটা বেজে উঠল।

A sudden gust of wind rattled the window. Gita stuck out her tongue. *You can't come in! You won't spoil my party!*
Mum, bangles tinkling, filled the diyas with mustard oil.
As she finished, the phone rang.
Gita waited impatiently as her mother came back. "Can I light the first diya?"
Mum just smiled and smoothed Gita's hair. "That was Jennie and Shabana. It's too icy to drive. They can't come."
The phone rang again.

গীতা ছুটে চলে গেল নিজের ঘরে আর ঢুকে পড়ল ওর বিছানার ভিতরে। ফুঁপিয়ে কেঁদে ও বলে উঠল, "এই দেশ আমি একদম ভালবাসি না।"

মা ওকে আদর করে বললেন, "অ্যামি এখনো ফোন করেনি। আর সে কাছেই থাকে।"

গীতা উঠে পরে নাক ঝেড়ে নিল।

মা বললেন, "শোন গীতা, দেয়ালির মানেই হচ্ছে আলো জ্বেলে অন্ধকারকে দূর করা। বাজি পুড়িয়ে তা করা যায় না। সেটা আমাদেরই করতে হবে।" মায়ের মুখ হাসিতে উজ্জ্বল হয়ে উঠল - কিন্তু একটু কষ্টও ছিল সেখানে - ঠিক যেমন ওরা বিদায় নিয়ে আসার সময় দেখেছিল দিদার মুখের হাসিতে।

বেশ খানিকটা সময় ধরে গীতা চুপ করে বসে রইল। তারপর একটু হেসে উঠল। "চলো, আমরা প্রদীপগুলো জ্বালি।"

Gita ran to her room and burrowed into bed. "I *hate* this place," she sobbed.

Mum gently hugged her. "Amy hasn't called. And she does live nearby."

Gita pulled away and blew her nose.

"Gita," said Mum softly. "Diwali is really about filling the darkness with light. Fireworks can't do it for us. We must do it ourselves." Mum's smile was bright, but also sad - like Grandmother's smile when they'd said goodbye.

For a long moment Gita sat still. Then she managed a smile. "Let's light the diyas."

একটার পর একটা সোনালী প্রদীপ শিখাগুলি কেঁপে কেঁপে জ্বলে উঠল আর সরিষার তেলের গন্ধে ভরে গেল ঘরটা। গীতা শেষ প্রদীপটা জ্বালাবার সঙ্গে সঙ্গে ইলেকট্রিক আলোগুলি একবার কেঁপে উঠল - তারপর বারকয়েক জ্বলে নিভে আবার জ্বলে উঠল। তারপর ফ্ল্যাটের, বাড়িগুলির, এমনকি রাস্তারও সব আলো নিভে গেল।

দেয়ালির দিনে অন্ধকার! গীতার গলা যেন রুদ্ধ হয়ে গেল।

তারপর সে হাসতে সুরু করল।

One by one, golden flames quivered and sprang to life with the warm fragrance of mustard oil.

Just as Gita lit the last one, the electric lights flickered - on, off, on again. Then all the lights - in the flat, in the houses, even in the street - died.

Darkness on Diwali! Gita's throat tightened.

Then she began to laugh.

সেই হঠাৎ আসা অন্ধকারে ওদের প্রদীপগুলি উজ্জ্বল, আরও অনেক, তারচেয়েও বেশি উজ্জ্বল হয়ে জ্বলে সারাটা বসবার ঘরকে ঝলমলে করে তুলল।

গীতা দুই হাতে তালি দিয়ে বলে উঠল, "অন্ধকারকে আমরা হারিয়ে দিয়েছি, অন্ধকারকে আমরা হারিয়ে দিয়েছি।"

মা বললেন, "লক্ষ্মী আসবে আর আমরা খুব মজা করব।"

হিম-শীতল বৃষ্টি-কণা জানালার পাশ দিয়ে পড়তে পড়তে চকচক করে উঠছিল আর তাই দেখতে দেখতে গীতা গুণগুণ করে গান গাইতে থাকল।

ধীরে ধীরে একটা গাড়ির হেড-লাইট ওদের রাস্তায় এগিয়ে এসে ঠিক ওদের বাড়ীর সামনে থামল।

In the sudden rush of darkness their diyas glowed - bright, brighter, brightest - filling the living room with light.

"We beat the darkness, we beat the darkness!" Gita clapped her hands.

"Lakshmi will come and we'll have wonderful luck," said Mum.

Gita sang softly, watching drops of freezing rain glitter as they flew past the window.

Slowly, the headlights of a car came down the street and stopped in front of their building.

গীতা চিৎকার করে উঠল, "অ্যামি এসেছে !"

বাবা একটা টর্চ হাতে নিচে নেমে গেলেন, তবে গীতা তাঁর আগেভাগেই সেই কাঁপা কাঁপা আলোয় ছুটে নেমে গেল। সে সামনের দরজাটা খুলে সাবধানে কয়েক পা এগিয়ে গিয়ে থেমে গেল - চোখ বড় হয়ে গেল। যেন সারাটা পৃথিবী ঝকমক করছে - ফুটপাথ, গাছের শাখা, ডালপালাগুলি, আলোর পোষ্টটা, এমনকি ঘাসের ডগাগুলি পর্যন্ত।

সেই অন্ধকার শহরে, শুধু ওদের জানালাগুলিই প্রদীপের আলোয় ঝলমল করছে। আলোর প্রতিফলনে জ্বলে উঠে বরফ কণাগুলি যেন আতশবাজির মতো নেচে উঠল।

"It's Amy!" shouted Gita.

As Dad went downstairs with a torch, Gita ran ahead in the bouncing circle of light. She opened the front door, took a few cautious steps then stopped, eyes wide.

The whole world glistened - the pavements, every branch, every twig, the lamp post, even the blades of grass!

In the dark city, only their windows blazed with the steady glow of diyas. The ice, reflecting their light, sparkled and danced like fireworks.

অ্যামি বলে উঠল, "ও মা, কি সুন্দর !"

গীতার চোখদুটো উজ্জ্বল হয়ে উঠল । আগামীকাল ও তার দাদুদিদার কাছে এই নূতন দেয়ালির কথা লিখবে ।

"এই অ্যামি, এসো না, অন্ধকার থাকতে থাকতে আমরা একটু লুকো চুরি খেলি ।" বরফের উপর ভাস্বর আলোকমালার দিকে সে শেষ বারের মত আর একবার তাকিয়ে নিল, তারপর চেঁচিয়ে বলে উঠল, "চলো, আমরা ছুটে বাড়ি চলে যাই ।"

"Oh, it's brilliant!" said Amy.

Gita's eyes shone. Tomorrow she'd write to her grandparents about this new Diwali. "Hey Amy, let's play hide and seek while the power's still out." She took one last look at the light shining in the heart of the ice. "Come on," she shouted. "Race you home!"

The author gratefully acknowledges the support of the Regional Municipality of Ottawa-Carleton. Thanks also to Charis Wahl for her insightful editing; the many members of the Ottawa Chinmaya Mission who answered so many questions; and Mary Tilberg for her feedback.

For Deepak
R.G.

For my sister, Hermione
A.P.

First published in 1994, Toronto, Canada by Second Story Press

Published by
MANTRA PUBLISHING LTD
5 Alexandra Grove,
London N12 8NU